Apreciados amigos y familiares de

Bienvenidos a la serie Lector de Schol[...]
los más de noventa años de experienci[...]
con maestros, padres de familia y niñ[...]
que está diseñado para que se corresponda con los intereses y las
destrezas de su hijo o hija. Cada libro de la serie Lector de Scholastic
está diseñado para apoyar el esfuerzo que su hijo o hija hace para
aprender a leer.

- Lector Primerizo
- Preescolar a Kindergarten
- El alfabeto
- Primeras palabras

- Lector Principiante
- Preescolar a 1
- Palabras conocidas
- Palabras para pronunciar
- Oraciones sencillas

- Lector en Desarrollo
- Grados 1 a 2
- Vocabulario nuevo
- Oraciones más largas

- Lector Adelantado
- Grados 1 a 3
- Lectura de entretención y aprendizaje

Si visita www.scholastic.com, encontrará ideas sobre cómo
compartir libros con su pequeño. ¡Espero que disfrute ayudando a
su hijo o hija a aprender a leer y a amar la lectura!

¡Feliz lectura!

—Francie Alexander
Directora Académica
Scholastic Inc.

A Gina Shaw,
editora y amiga
sin igual

Originally published in English as *I Love School!*

Translated by Eida de la Vega

ISBN 978-0-545-58287-2

12 11 10 9 8 7 6 5 4   14 15 16 17 18/0

Printed in the U.S.A.   40
First Spanish printing, September 2013

¡ME GUSTA LA ESCUELA!

Hans Wilhelm

SCHOLASTIC INC.

La escuela parece divertida.

Esta debe de ser la entrada.

¡Qué lugar más grande!

¿Dónde están todos?

Ahora sí que estoy perdido.

¡IINNNN!

¡Ay!
¿Qué es *eso*?

¡Tengo que salir de aquí!

Mejor me quito del camino.

Este lugar da miedo.
Aquí me siento muy solo.

¡Espera! ¡Qué tontería!
La escuela no da miedo.
¡La escuela es divertida!

Estoy seguro de que
haré nuevos amigos.

¿Puedo escuchar el cuento?

La escuela es muy divertida.
Ya tengo un montón de amigos.

¡La maestra es encantadora!

Creo que volveré mañana.